T0003148

Edgar Allan Poe

LA CAÍDA DE LA CASA USHER

Edgar Allan Poe

Ilustraciones de Agustín Comotto

Traducción de
Francisco Torres Oliver

Nørdicalibros

LA CAÍDA DE LA CASA USHER

Título original: *The Fall of the House of Usher*

© De las ilustraciones: Agustín Comotto
© De la traducción: Francisco Torres Oliver
© De esta edición: Nórdica Libros, S.L.
  C/ Doctor Blanco Soler 26 · 28044 Madrid
  Tlf: (+34) 91 705 50 57
info@nordicalibros.com
Primera edición en rústica: abril de 2015
Primera edición en cartoné: agosto de 2022
Primera reimpresión: marzo de 2023
ISBN: 978-84-17651-43-5
Depósito Legal: M-22861-2022
IBIC: FKC
Thema: FKC
Impreso en España / *Printed in Spain*
Gracel Asociados
Alcobendas (Madrid)

Diseño de la colección: Ignacio Caballero
Maquetación: Diego Moreno
Corrección ortotipográfica: Victoria Parra y Ana Patrón

Son cœur est un luth suspendu;
sitôt qu'on le touche il résonne.

DE BÉRANGER

Durante todo un día cerrado, oscuro y silencioso de otoño en que las nubes se cernían opresivamente bajas en el cielo, había viajado solo, a caballo, por un camino monótono de la comarca, y por fin, cuando ya el atardecer se poblaba de sombras, llegué a la vista de la melancólica Casa Usher. No sé por qué, nada más ver el edificio me invadió una insoportable tristeza. Digo insoportable porque no la aliviaba ese sentimiento poético semiplacentero, con que el espíritu recibe incluso las más severas imágenes de lo desolado y lo terrible de la naturaleza. Miré el escenario que tenía delante —la casa en sí y los simples rasgos paisajísticos de la propiedad: los muros fríos, las ventanas de mirada vacía, algunas matas de vulgar juncia y unos cuantos árboles

blancuzcos de tronco podrido— con una depresión de alma tan total que no puedo compararla a ninguna sensación terrena con más propiedad que a la del que sale del sueño del opio, al retorno amargo a la monotonía diaria, a la caída espantosa del velo. Era una frialdad, un abatimiento, una congoja…, una inconsolable tristeza de pensamiento que ningún acicate de la imaginación era capaz de impulsar hacia nada sublime. ¿Qué era —me detuve a pensar— lo que me oprimía de este modo en la contemplación de la Casa

Usher? Era un misterio insoluble; tampoco encontraba sentido a las brumosas fantasías que se me agolpaban mientras meditaba. Me vi obligado a recurrir a la poco satisfactoria conclusión de que, así como *hay* incuestionablemente combinaciones de objetos naturales muy simples capaces de afectarnos de esta manera, sin embargo el análisis de tal capacidad depende de factores que están fuera de nuestro alcance. Es posible, pensé, que la mera disposición diferente de los elementos de un paisaje, de los detalles de un cuadro, baste para modificar, o quizá anular, su poder de causar una sensación penosa. Y llevado de esta idea, detuve mi caballo en el borde abrupto del pequeño lago, negro y sombrío, que extendía su terso lustre junto a la morada, y me quedé contemplando en él —pero más afectado que antes— la imagen remodelada e invertida de las juncias grises, troncos desmedrados y ventanas de mirada vacía.

No obstante, en esta mansión de melancolía me proponía residir ahora unas semanas.

Roderick Usher —su dueño— y yo habíamos sido buenos compañeros en la infancia, aunque habían pasado muchos años desde la última vez que nos habíamos visto. Pero hacía poco me había llegado a un rincón apartado de la región una carta —una carta suya— que, dada su perentoriedad, no admitía más respuesta que ir. La letra evidenciaba unos nervios alterados. Su autor hablaba de una postración física aguda, de un desarreglo mental que le agobiaba, y de un enorme deseo de verme, como al mejor y único amigo que tenía en realidad, a fin de encontrar, en el solaz de mi compañía, algún alivio a su mal. Era la manera de exponer todo esto, y mucho más —el *alma* que ponía en su solicitud—, lo que no dejaba lugar a vacilaciones; así que acudí sin dilación a esa llamada que, no obstante, me parecía de lo más singular.

Aunque habíamos sido amigos íntimos de pequeños, de hecho sabía poco de él. Siempre había sido extremadamente reservado. Sabía, es cierto, que su rancia familia había destacado desde

tiempos inmemoriales por una gran sensibilidad, que a lo largo de generaciones se tradujo en multitud de excelentes obras de arte, y en los últimos tiempos se manifestó en repetidos actos de generoso pero discreto altruismo, así como en una apasionada devoción por los frutos complicados —más, quizá, que por sus bellezas ortodoxas y más fácilmente reconocibles— de la ciencia musical. Conocía asimismo el hecho singular de que el tronco de la estirpe Usher, pese a lo venerable que era, no había dado nunca ramas duraderas; en otras palabras, la familia entera se prolongaba por línea directa de descendencia y, salvo breves e insignificantes variaciones, había sido siempre así. Era esta falta —reflexioné, recordando la absoluta concomitancia entre el carácter de un edificio y el carácter reconocido de quien lo habita, a la vez que pensaba en el posible influjo que el uno podía haber ejercido, durante un largo periodo de siglos, sobre el otro—, era esta falta, quizá, de ramas colaterales, y la consiguiente transmisión directa, de padre a hijo, del patrimonio y el apellido, lo que finalmente había identificado a los dos, de manera que el título original de la propiedad quedó absorbido en la rara y equívoca denominación de «Casa Usher»; denominación que incluía, en la mente de los campesinos que la utilizaban, a la familia y a la mansión de la familia.

He dicho que el único efecto de mi pueril experimento —el de asomarme al lago— fue el de reforzar mi primera impresión. No cabe duda de que el darme cuenta del rápido aumento de mi superstición —¿por qué no llamarla así?— no hizo sino acrecentarla. Tal es, hace mucho que lo sé, la ley paradójica de los sentimientos que se fundan en el terror. Y quizá fue únicamente esta razón, al levantar la vista de la imagen reflejada en el agua a la casa, la que hizo concebir a mi cerebro una fantasía; una fantasía ridícula, sin duda, que solo menciono para subrayar la intensidad de las sensaciones que me oprimían. Tanto había forzado mi imaginación que pensé que sobre la mansión y la propiedad reinaba una atmósfera específicamente de ellas y del entorno

inmediato, una atmósfera que no tenía nada que ver con el aire del cielo, sino que procedía de los árboles podridos, y del muro gris, y de este lago callado de montaña: un vapor místico y pestilente, apagado, perezoso, apenas discernible y plomizo.

Desechando de mi espíritu lo que no *debía* de ser otra cosa que un sueño, observé con más atención el aspecto real del edificio. Su rasgo sobresaliente era la extrema antigüedad. La decoloración de los siglos había sido grande. Minúsculos *hongos* se extendían por todo su exterior, y colgaban en fina maraña de los aleros. No obstante, estaba muy lejos de ofrecer un aspecto ruinoso. Ninguna parte de la albañilería se había venido abajo; y se daba una sorprendente paradoja entre la perfecta trabazón de las partes, y el grado de disgregación de los sillares. Me recordaba bastante a una hermosa obra de ebanistería que se hubiera ido pudriendo a lo largo de los años en una cripta abandonada, sin ser turbada por el más pequeño soplo de aire exterior.

Quitando este signo de deterioro general, empero, la fábrica mostraba pocos síntomas de inestabilidad. Quizá, el ojo de un observador atento habría podido descubrir una grieta apenas perceptible que arrancaba del tejado y descendía por la fachada en zigzag, hasta perderse en las aguas plomizas del lago.

Fijándome en estas cosas, avancé por un corto camino elevado hasta la casa. Un criado de servicio se hizo cargo de mi caballo, y traspuse el arco gótico del vestíbulo. De allí, un ayuda de cámara, de paso furtivo, me condujo en silencio, por multitud de corredores intrincados y oscuros, al *estudio* de su amo. Mucho de lo que iba descubriendo por el camino contribuía, no sé por qué, a reforzar la vaga sensación a la que me he referido. Aunque los objetos de mi entorno —los frisos de los techos, los tapices oscuros de las paredes, los suelos negros como el ébano y los fantasmagóricos trofeos heráldicos que repiqueteaban con mis pisadas— eran detalles a los que (o como a los que) había estado acostumbrado en la infancia;

aunque no vacilaba en reconocer lo familiar que me era todo, sin embargo me asombraba la extrañeza de las fantasías que me suscitaban imágenes tan normales. En una de las escaleras me crucé con el médico de la familia. Su semblante, pensé, reflejaba una expresión que era mezcla de astucia solapada y perplejidad. Me saludó aturrullado sin detenerse. El criado, a continuación, abrió una puerta de par en par, y me condujo a la presencia de su amo.

La estancia en la que me hallaba era espaciosa y de techo muy alto. Las ventanas eran altas, estrechas y apuntadas, y estaban a tanta distancia del piso de negro roble que quedaban totalmente inaccesibles desde el interior. Débiles rayos de luz rojiza se abrían paso a través de sus cristales emplomados y permitían distinguir los objetos cercanos; el ojo, no obstante, pugnaba en vano por alcanzar los rincones del fondo de la cámara o las oquedades del techo abovedado y artesonado. El mobiliario general era profuso, incómodo, antiguo y andrajoso. Había diseminados multitud de

libros e instrumentos musicales; pero no lograban comunicar animación a la escena. Sentí que respiraba un ambiente de tristeza. Una atmósfera de severo, profundo, irremediable desaliento lo impregnaba todo.

Al entrar, Usher se levantó del sofá donde estaba echado y me saludó con un calor efusivo que, pensé al pronto, tenía mucho de cordialidad exagerada, de esfuerzo obligado del hombre de mundo *ennuyé*. Una ojeada a su semblante, empero, me convenció de su total sinceridad. Nos sentamos, y durante unos momentos, en los que guardó silencio, lo miré con un sentimiento mitad de compasión, mitad de temor: ¡nunca un hombre había cambiado tan terriblemente en tan breve espacio como Roderick Usher! Me costaba admitir que el ser macilento que tenía delante era el compañero de mi temprana adolescencia. Aunque las facciones de su cara seguían siendo igual de acusadas: un color de piel cadavérico, unos ojos grandes, claros, incomparablemente luminosos; unos labios algo finos y palidísimos, pero

con una curva indeciblemente bella; una nariz de delicado tipo hebreo, pero con una anchura de ventanas poco corriente en tales configuraciones; un mentón finamente moldeado que denotaba, en su falta de prominencia, carencia de energía moral; el cabello de una finura y una suavidad más que de telaraña. Estos rasgos, con un ensanchamiento exagerado de las sienes, conformaban un rostro nada fácil de olvidar. Y ahora, había tal cambio en la mera exageración de estos rasgos, y en la expresión que solían transmitir, que dudé de con quién hablaba. La espectral palidez de piel y el ahora portentoso brillo de los ojos, por encima de todo lo demás, me alarmaron e incluso me asustaron. También había dejado que su cabello sedoso creciera de manera totalmente descuidada; y como su textura telarañosa y silvestre, más que caer, le flotaba alrededor de la cara, me era imposible, aun esforzándome, relacionar su expresión arabesca con la simple idea de humanidad.

Enseguida me sorprendió, en la actitud de mi amigo, una incoherencia…, una inconsecuencia; y no tardé en descubrir que provenía de una serie de débiles y estériles esfuerzos por reprimir un temblor continuo, una manifiesta agitación nerviosa. Yo estaba preparado para algo así, tanto por su carta como por el recuerdo de ciertos rasgos de su niñez, y por lo que había inferido de su peculiar constitución física y temperamento. Su actitud era alternativamente vivaz y adusta. Su voz cambiaba con rapidez de un balbuceo indeciso (cuando su energía parecía quedar en suspenso) a esa especie de concisión vehemente, a esa vocalización brusca, lenta y cavernosa, a ese lenguaje gutural, pesado, perfectamente modulado que observamos en los alcohólicos consumados y en los opiómanos incorregibles en sus momentos de más intensa agitación.

Así, habló del objeto de mi visita, de sus enormes ganas de verme, y del consuelo que esperaba que le proporcionase mi compañía; se refirió con cierta extensión a lo que pensaba que era la naturaleza de su mal. Era, dijo, una dolencia física y familiar a la que no esperaba encontrar remedio…, una mera afección nerviosa —se apresuró a añadir— que sin duda no tardaría en pasar. Se le manifestaba en un sinfín de sensaciones anormales. Algunas de estas, que me detalló, me interesaron y desconcertaron; aunque quizá las palabras que empleaba y el tono general con que lo explicaba tuvieron bastante que ver. Padecía una agudeza morbosa de los sentidos: solo toleraba los alimentos más insípidos; solo podía llevar ropa de determinada clase de tejido; el olor de las flores le ahogaba; la luz más tenue le torturaba la vista; y había poquísimos sonidos especiales —y estos de instrumentos de cuerda— que no le inspirasen horror.

Lo encontré obsesivamente esclavo de una especie anómala de terror. «Moriré —dijo—, acabaré muriendo, en medio de esta lamentable locura. Así, así acabaré; y de ninguna otra manera. Me dan pavor los acontecimientos del futuro, no por sí mismos, sino por sus consecuencias. Tiemblo ante la idea de que cualquier incidente, siquiera el más trivial, pueda influir en esta insoportable perturbación del alma. En realidad, no aborrez-co el peligro, sino su efecto absoluto: el terror. En este estado de abatimiento, de debilidad, presiento que llegará, tarde o temprano, la hora en que deba abandonar la cordura y la vida, en lucha con el terrible fantasma: EL MIEDO».

Me di cuenta, también, por insinuaciones ambiguas y entrecortadas que hacía de cuando en cuando, de otro aspecto singular de su estado mental: lo tenían encadenado ciertas impresiones supersticiosas con relación a la morada que habitaba y que, desde hacía años, no se había atrevido a abandonar, con relación a un influjo de cuya supuesta fuerza hablaba en términos demasiado tenebrosos para repetirlos; a un influjo que determinadas peculiaridades de la forma y la sustancia de su mansión familiar, a fuerza de largo sufrimiento, dijo, habían acabado ejerciendo sobre su espíritu; a un efecto que lo *físico* de los muros y de las torres grises, y del lago oscuro al que asomaban, había logrado obtener finalmente sobre la parte *moral* de su existencia.

Admitió, no obstante, aunque con vacilación, que gran parte del singular abatimiento que así le afligía podía deberse a una causa más natural y evidente: la larga y avanzada enfermedad, e inminente desenlace fatal, de una hermana a la que amaba con ternura, única compañera durante largos años, y último y único miembro de la familia que le quedaba en el mundo. «Su muerte —dijo, con una amargura que no se me olvidará— me convertiría (a mí, tan frágil y falto de esperanza) en el último de la antigua estirpe de los Usher». Mientras hablaba, lady Madeline (que así se llamaba) pasó lenta por el fondo de la estancia, sin advertir mi presencia, y desapareció. La observé con total asombro, no exento de temor, e incapaz, no obstante, de explicarme tal impresión: una especie de estupor me dominaba, al tiempo que mis ojos seguían sus pasos en retirada. Cuando finalmente se cerró la puerta tras ella, mi mirada buscó instintiva y ansiosamente el semblante de su hermano…, pero había ocultado el rostro entre sus manos, y solo vi que

una palidez extrema se había extendido por sus dedos escuálidos, a través de los cuales le resbalaban apasionadas lágrimas.

La dolencia de lady Madeline había frustrado durante mucho tiempo la pericia de los médicos. Una apatía persistente, una consunción gradual de su persona y frecuentes aunque transitorios accesos de tipo cataléptico eran el insólito diagnóstico. Hasta aquí había resistido con firmeza los embates de la enfermedad sin dejarse reducir a la cama; pero, al final del día de mi llegada a la casa, se rindió (como me contó su hermano por la noche con angustia indecible) al poder postrador de la Destructora. Y comprendí que la visión que había tenido de ella iba a ser probablemente la última…, que no volvería a ver a la dama, con vida al menos.

Transcurrieron varios días sin que Usher ni yo mencionáramos su nombre; y en ese tiempo me dediqué a hacer todos los esfuerzos para mitigar la melancolía de mi amigo. Pintábamos y leíamos juntos, o le escuchaba, como en un sueño,

desgarradas improvisaciones con su elocuente guitarra. Y a medida que nuestra creciente intimidad me permitía acceder más sin reserva a los rincones de su espíritu, más amargamente me daba cuenta de la inutilidad de todo intento de animar una mente que derramaba negrura, como por un don innato y fecundo, sobre todos los objetos del universo moral y físico, en una incesante irradiación de tristeza.

Siempre guardaré el recuerdo de las horas solemnes que pasé con el señor de la Casa Usher. Pero sería inútil que intentara dar una idea exacta de los estudios y ocupaciones en los que me implicó o me inició. Una exaltada y destemplada idealidad proyectaba un lustre sulfúreo sobre todo. Siempre resonarán en mis oídos sus largas e improvisadas endechas. Entre otras cosas, conservo dolorosamente presente cierta singular perversión y ampliación del motivo apasionado del último vals de Von Weber. De los lienzos en los que plasmaba su complicada fantasía, y se iban convirtiendo, pincelada a pincelada, en una

Roderic Usher

vaguedad que me estremecía, tanto más cuanto que no sabía por qué; de esos lienzos, sería inútil que intentase transmitir (aunque tengo aún vívidamente sus imágenes ante mí) algo más de lo poco que pueden contener unas palabras escritas. Por su total simplicidad, por la nitidez de dibujo, atraían y subyugaban. Si ha habido un mortal capaz de pintar una idea, ese fue Roderick Usher. Para mí, al menos —dadas las circunstancias que me rodeaban entonces—, de las puras abstracciones que el hipocondríaco proyectaba sobre el lienzo emanaba un pavor de una intensidad insoportable, como jamás he sentido ni remotamente al contemplar las intensas aunque demasiado concretas lucubraciones de Fuseli.

Una de las concepciones fantasmagóricas de mi amigo, que no participaba tan rígidamente del espíritu de abstracción, la puedo bosquejar con palabras, aunque de forma somera. Era un cuadro pequeño que representaba el interior de un sótano, o túnel, inmensamente largo y rectangular, de paredes bajas, lisas, blancas y sin vanos ni

interrupciones. Ciertos detalles complementarios de la composición sugerían que se hallaba a enorme profundidad bajo la superficie de la tierra. No se observaba ningún acceso en parte alguna de su vasta extensión, ni se discernía antorcha ni ninguna otra fuente artificial de luz; no obstante, lo recorría un haz de intensos rayos que lo dotaban de un esplendor inapropiado y espectral.

Acabo de aludir al estado morboso del nervio auditivo de Usher, debido a lo cual se le hacía insoportable toda clase de música, salvo ciertas calidades de los instrumentos de cuerda. Eran los estrechos límites en los que se había confinado con la guitarra, quizá, lo que confería en gran medida un carácter fantástico a sus ejecuciones; pero no explicaba la férvida *facilidad* de sus *impromptus*. La explicación debía de estar, y estaba, en las notas, así como en las palabras de sus extravagantes fantasías (porque a menudo se acompañaba de rimadas improvisaciones verbales), resultado de esa profunda concentración y recogimiento interior a los que me he referido, y que pueden observarse únicamente en los momentos de más alta excitación artificial. Recuerdo la letra de una de esas rapsodias. Me impresionó más especialmente quizá, al oírsela cantar, porque en el sustrato o corriente mística de su significado, me pareció percibir en Usher, por primera vez, una conciencia plena de la inestabilidad de su alta inteligencia en su trono. Los versos, que titulaba «El palacio encantado», decían, de manera muy aproximada, si no literal:

I

En el más verde de nuestros valles,
Por ángeles buenos habitado,
Una vez, imponente y radiante,
Irguió un palacio su bella arquitectura.
¡En los dominios del monarca Pensamiento:
Allí se levantaba!
Ningún serafín tendió nunca sus alas
Sobre tan hermosa fábrica.

II

Banderas doradas y amarillas
Ondeaban gloriosas sobre su cubierta,
(Esto, todo esto, fue en los tiempos
Remotos del pasado).
Y cada brisa mansa que en aquellos días
jugaba dulcemente
En la pálida piedra de sus muros
Una fragancia alada se alejaba.

III

Quien fuera por este valle venturoso
Veía, a través de dos ventanas luminosas,
Espíritus danzando —a los sones
    Bien medidos de laúdes—
En derredor del trono donde estaba
    (¡Porfirogéneta!),
Con una pompa concorde con su gloria,
    El soberano de ese reino.

IV

Todo destellante de perlas y rubíes
Era el portal de aquel palacio hermoso,
Del que manaban y manaban y manaban,
    Con incesante centelleo,
Riadas de ecos con el dulce cometido
    De cantar,
con voces de belleza inigualable,
El genio y sapiencia de su rey.

V

Pero seres malignos, vestidos de aflicción,
  Asaltaron en su cima al soberano.
(¡Ah!, lloremos, pues nunca asomará
    Un nuevo día para él.)
  Y la ventura que envolvía su hogar,
      Encendido de rubores,
  Es historia recordada oscuramente
    De unos tiempos sepultados.

VI

El viajero que hoy se adentra por el valle
Ve, a través de las ventanas de luz roja,
  Grandes formas danzando fantasmales
      Al son de melodías disonantes,
  Mientras, como un río rápido y horrible,
    Fluye inacabable, por el pálido portal,
        Una turba espantosa
      Que ríe ... pero no sonríe ya.

Recuerdo que las sugerencias a que dio lugar esta balada nos embarcaron en una serie de consideraciones en las que Usher expuso una opinión que menciono no tanto por su originalidad (otros hombres[1] han pensado así) como por la firmeza con que la mantuvo. Básicamente, dicha opinión era la de la sensibilidad de los vegetales. Pero, en su perturbada fantasía, tal idea había adquirido un carácter más osado aún y alcanzaba, en determinadas condiciones, al reino de lo inorgánico. Carezco de palabras para expresar toda su entrega, o serio *abandono,* a este convencimiento. Tal creencia, no obstante, afectaba (como he dicho) a las piedras grises del hogar de sus antepasados. Las condiciones que hacían posible esta sensibilidad se cumplían aquí, imaginaba, en el método de colocación de dichas piedras; en el orden en que estaban dispuestas, así como en las colonias de hongos que las cubrían, y en los árboles podridos de alrededor; y sobre todo, en la larga,

---

[1] Watson, el doctor Percival, Spallanzani y sobre todo el obispo Llandaff.

no turbada pervivencia de esta disposición, y en su duplicación en las aguas inmóviles del lago. Su prueba —la prueba de esa sensibilidad— debía verse, dijo (y aquí se levantó mientras hablaba) en la gradual aunque dudosa condensación de una atmósfera propia en torno a las aguas y los muros. El resultado podía descubrirse, añadió, en ese influjo callado aunque persistente y terrible que durante siglos había modelado los destinos de su familia, y le había hecho a él como lo veía..., como era. Opiniones así no necesitan comentario, y no voy a hacer ninguno.

Nuestros libros —los libros que durante años habían constituido una parte nada pequeña de la vida intelectual del enfermo— estaban, como puede suponerse, en estricta consonancia con este tipo de ilusión. Nos enfrascábamos en obras como el *Ververt et Chartreuse* de Gresset, el *Belfegor* de Maquiavelo, *Del Cielo y del Infierno* de Swedenborg, el *Viaje al mundo subterráneo de Niels Klimm* de Holberg, la *Quiromancia* de Robert Fludd, Jean d'Indaginé y De la Chambre, el *Viaje a la lejanía azul* de Tieck y *La Ciudad del sol* de Campanella. Nuestro libro favorito era una pequeña edición en octavo titulado *Directorium Inquisitorum*, del dominico Aymerich de Girona, y había pasajes en Pomponius Mela sobre los antiguos sátiros y egipanes africanos, sobre los que Usher soñaba durante horas. Su deleite principal, no obstante, estaba en la lectura morosa de un volumen gótico sumamente raro y curioso, en cuarto —manual de una iglesia olvidada—: las *Vigiliæ Mortuorum Chorum Ecclesiæ Maguntinæ*.

No dejaba yo de pensar en el extravagante ritual de esta obra y en su probable influencia en el hipocondríaco, cuando una noche, tras informarme bruscamente de que lady Madeline había muerto, me comunicó su intención de preservar su cuerpo quince días (hasta su inhumación definitiva) en uno de los numerosos sótanos interiores del edificio. El motivo mundano, empero, que alegó para tan insólita medida era de los que no me consideraba en libertad de discutir. Su condición de hermano le había llevado a esta resolución (así me dijo), debido a lo excepcional de la enfermedad de la fallecida, a ciertas preguntas ansiosas e inconvenientes de los médicos, y a lo expuesto y alejado del cementerio de la familia. No negaré que, al recordar la cara siniestra del sujeto con el que me había cruzado en la escalera, el día de mi llegada a la casa, se me quitaron las ganas de poner objeciones a lo que consideraba una precaución en todo caso inofensiva y de ningún modo extravagante.

Ayudé a Usher, a ruego suyo, en los arreglos para su entierro temporal. Una vez colocado el cadáver en su ataúd, lo llevamos entre los dos a su lugar de descanso. La cripta en la que lo depositamos (y que había estado tanto tiempo sin abrir que nuestras antorchas, medio sofocadas por el ambiente estancado, nos dieron poca oportunidad de inspeccionar) era pequeña, húmeda, y carente por completo de vanos que permitiesen la entrada de ninguna luz; se hallaba a gran profundidad, directamente debajo de la parte del edificio en la que estaba mi dormitorio. Al parecer,

había sido utilizada en los remotos tiempos feudales para los peores fines de una mazmorra, y posteriormente como almacén de pólvora o de algún material altamente inflamable, dado que parte de su suelo, y todo el largo pasadizo abovedado por el que llegamos a ella, estaban convenientemente forrados de cobre. La puerta, toda de hierro, estaba protegida de igual manera. Su enorme peso produjo un ruido chirriante de lo más desagradable al girar sobre sus goznes.

Tras depositar nuestra lúgubre carga sobre unos caballetes en esta región de horror, retiramos parcialmente la tapa del ataúd todavía sin atornillar, y miramos el rostro de su ocupante. Lo primero que me llamó la atención fue el parecido asombroso entre los dos hermanos; y Usher, adivinando quizá mis pensamientos, murmuró unas palabras por las que supe que la fallecida y él eran gemelos, y que entre ellos había existido siempre una comunión de sentimientos difícil de explicar. Nuestras miradas, no obstante, no se demoraron mucho en la difunta..., ya que no podíamos contemplarla sin un temor reverente: la enfermedad que de este modo la había enviado a la tumba en el cenit de su juventud había dejado, como suele ocurrir en todas las patologías de carácter estrictamente catalépico, un remedo de tenue rubor en el pecho y la cara, y ese rastro de sonrisa sospechosamente morosa en los labios, que es tan terrible en la muerte. Volvimos a colocar la tapa y la atornillamos; y una vez firmemente cerrada la puerta de hierro, emprendimos el regreso, afligidos, a los apenas menos lúgubres aposentos de la parte superior de la casa.

Y entonces, transcurridos unos días de honda aflicción, se hizo perceptible un cambio en las peculiaridades del desarreglo mental de mi amigo. Su actitud habitual había desaparecido. Había abandonado u olvidado sus actividades de costumbre. Andaba de cámara en cámara con paso aturrullado, irregular y sin objeto. La palidez de su semblante había adquirido, si era posible, un tono aún más cadavérico; pero sus ojos habían perdido por completo su luminosidad.

No volvió a oírsele el acento ronco que antes le salía de cuando en cuando; y su voz había adquirido un tartamudeo tembloroso como de extremo terror. Había veces, a decir verdad, en que parecía que su mente permanentemente agitada sufría el peso de algún secreto, y que pugnaba por encontrar valor suficiente para exteriorizarlo. A veces, no tenía más remedio que considerarlo extravagancias propias de su enajenamiento, porque lo veía permanecer con la mirada fija, perdida durante horas, en actitud de la más profunda atención, como si estuviese escuchando algún ruido imaginario. No es de extrañar que su estado me aterrase…, que se me contagiase; sentía que me iba invadiendo, de manera lenta y solapada, el influjo insensato de sus fantásticas aunque poderosas supersticiones.

Fue en particular al retirarme a dormir, tarde ya, la noche del séptimo u octavo día de haber depositado a lady Madeline en la mazmorra, cuando experimenté toda la fuerza de tales sentimientos. El sueño tardaba en visitar mi lecho, mientras las horas desfilaban una tras otra. Yo me esforzaba en disipar con razonamientos el nerviosismo que me dominaba. Me esforzaba en convencerme de que gran parte de lo que sentía, si no todo, se debía a la influencia turbadora del mobiliario sombrío de la habitación, de las colgaduras oscuras y raídas que, sacudidas por las ráfagas de una tempestad en aumento, se agitaban espasmódicamente de un lado para otro en las paredes, y susurraban inquietas sobre los adornos de la cama. Pero mis esfuerzos eran infructuosos. Un temblor irreprimible se fue apoderando de mi cuerpo, y finalmente se sentó sobre mi corazón un verdadero íncubo de alarma inmotivada. Sacudiéndomelo con una exhalación y un impulso, me incorporé sobre las almohadas y, escrutando la profunda oscuridad de la cámara, presté atención —no sé por qué, salvo que obedeciera a algo instintivo— a ciertos ruidos bajos, indefinidos, que me llegaban a largos intervalos, en las pausas de la tormenta, no sabía de dónde. Dominado por una intensa sensación

de horror insoportable, a la que no encontraba explicación, me vestí a toda prisa (porque me daba cuenta de que no iba a conciliar el sueño esta noche) y traté de salir del estado lastimoso en que me hallaba sumido paseando deprisa por el aposento.

Había dado unas pocas vueltas de esta manera, cuando unas pisadas leves en la cercana escalera atrajeron mi atención. En seguida reconocí las de Usher. Un instante después llamó suavemente con los nudillos y entró con una lámpara. Tenía el rostro, como de costumbre, pálido como un cadáver; pero además, había una especie de hilaridad vesánica en sus ojos, una *histeria* claramente reprimida en su ademán. Su aspecto me aterró…, pero cualquier cosa era preferible a la soledad que había estado soportando; incluso acogí su aparición con alivio.

—¿No lo has visto? —dijo de repente, después de mirarlo unos instantes en silencio—. ¿No lo has visto, entonces? ¡Bueno, no importa!, ¡ahora lo verás! —y a la vez que decía esto, protegiendo la llama con la mano, corrió a una ventana y la abrió de par en par a la tormenta.

La furia impetuosa del viento, al entrar, casi nos levantó del suelo. Era, en verdad, una noche de tormenta desatada pero severamente hermosa y salvajemente singular por su belleza y su terror. Un torbellino parecía haber concentrado su fuerza en nuestra vecindad, porque el viento sufría frecuentes y violentos cambios de dirección; y el denso espesor de las nubes (tan bajas que pesaban sobre las torrecillas de la casa) no nos impedía observar la casi deliberada velocidad a la que corrían unas contra otras desde todos los puntos, en vez de perderse a lo lejos. Como digo, su denso espesor no nos impedía observar esto; sin embargo, no había el más pequeño atisbo de la luna o las estrellas, ni había relámpagos ni fucilazos. Pero la cara inferior de estas masas inmensas de vapor agitado, así como los objetos terrestres de nuestro entorno inmediato, brillaban con una incandescencia desmayada y antinatural, con la luz de una exhalación gaseosa claramente visible que flotaba y envolvía la mansión.

—¡No debes…, no mires eso! —dije a Usher con un escalofrío, a la vez que me lo llevaba, con suave energía, de la ventana a una butaca—. Esas apariencias que te confunden son meros fenómenos eléctricos de lo más corrientes; o tal vez tengan su origen espectral en los pútridos miasmas de ese lago. Cerremos la ventana; el aire es frío y peligroso para tu constitución. Aquí está una de tus novelas predilectas. Yo leeré, y tú escucharás; y pasaremos juntos esta noche terrible.

El viejo volumen que había cogido era el *Mad Trist* de sir Launcelot Canning; pero lo había llamado predilecto de Usher más como una torpe broma que en serio, porque, verdaderamente, hay poco en su farragosa prolijidad que pudiera interesar al alto y espiritual sentido de la belleza de mi amigo. Pero era el único libro que había a mano, y me permití abrigar la vaga esperanza de que la excitación que ahora alteraba

al hipocondríaco encontrase alivio (la historia de las enfermedades mentales está llena de anomalías singulares) incluso en las insensateces extremosas que iba a leerle. Y a decir verdad, de haber juzgado por el profundo interés con que atendía, o parecía atender, a la lectura de la historia, habría podido congratularme de lo atinado de mi decisión.

Había llegado a esa parte conocida del relato en la que Ethelred, el héroe del *Trist*, tras intentar entrar de manera pacífica en la morada del ermitaño sin conseguirlo, decide hacerlo por la fuerza. Aquí, el pasaje del relato, como se recordará, dice así:

«Y Ethelred, que era de corazón intrépido, y se sentía fuerte por el poderoso vino que había bebido, no esperó más a parlamentar con el ermitaño, que en verdad era de genio testarudo y malévolo, sino que, sintiendo la lluvia sobre sus hombros, y temiendo que la tormenta arreciase, enarboló su maza y, con unos cuantos golpes, abrió un boquete en las tablas de la puerta para meter su mano enguantada; y tirando ahora de ella con fuerza, la resquebrajó, la descoyuntó, y la hizo saltar en astillas, de manera que el ruido sordo y cavernoso de la madera reverberó y alarmó al bosque entero».

Al terminar el párrafo me sobresalté y callé un momento, porque me pareció (aunque en seguida concluí que mi imaginación sobreexcitada me había engañado), me pareció que, de alguna parte remota de la mansión, me había llegado, confusamente, lo que podía haber sido, por su exacta similitud, el eco (pero sofocado, apagado) del crujido y hendimiento que sir Launcelot describía con tanto detalle. Fue, sin la menor duda, la mera coincidencia lo que había hecho que me llamara la atención, porque, en medio del tableteo de los marcos de las ventanas, y el normal tumulto de truenos de la todavía creciente tormenta, dicho ruido no tenía, en sí mismo, nada que debiera sorprenderme o inquietarme. Seguí leyendo:

«Pero el buen paladín Ethelred, al cruzar ahora la puerta, se sorprendió y enfureció grandemente al no descubrir el menor rastro del malévolo ermitaño, sino, en su lugar, un dragón escamoso y de portentosa presencia, dotado de una lengua de fuego, que hacía guardia ante un palacio de oro, con el piso de plata, y en el muro colgaba un escudo de bronce resplandeciente con esta leyenda inscrita:

Quien entra aquí, ha sido vencedor;
Quien mata al dragón, habrá ganado el escudo;

y Ethelred alzó su maza, y la descargó sobre la cabeza del dragón, que cayó ante él, y exhaló su último aliento apestoso con un chillido tan estridente y horrendo, y penetrante, que Ethelred tuvo que taparse los oídos con las manos ante tan horrísono estertor, como jamás se escuchó otro igual».

Aquí volví a interrumpir mi lectura, ahora con una sensación de absoluto estupor; porque no tenía ninguna duda, esta vez, de que había oído (aunque me era imposible determinar de qué lugar provenía) un chillido o chirrido bajo, aparentemente lejano, pero largo, estridente, y de lo más insólito, réplica exacta del chillido del dragón que mi imaginación había evocado conforme a la descripción del novelista.

Agobiado —como desde luego me sentí ante esta segunda y extrañísima coincidencia— por mil emociones contradictorias, en las que prevalecían el asombro y el terror extremos, conservé no obstante suficiente presencia de ánimo para abstenerme de excitar, con algún comentario, la fina sensibilidad de mi compañero; no estaba seguro en absoluto de que hubiese percibido el chirrido en cuestión, aunque era evidente que su ademán había sufrido un extraño cambio en los últimos minutos. De sentado frente a mí, había ido girando gradualmente su butaca, con lo que

ahora solo le veía la cara parcialmente, aunque notaba que sus labios temblaban como si murmurase algo inaudible. Tenía la cabeza caída sobre el pecho, pero sabía que no estaba dormido, dado que tenía el ojo rígidamente abierto, según lo observaba de perfil. El movimiento de su cuerpo, también, desmentía tal idea, ya que se mecía a un lado y a otro con un balanceo blando, aunque forzado y uniforme. Tras observar rápidamente todo esto, reanudé el relato de sir Launcelot; que proseguía:

«Y entonces el paladín, que había escapado de la furia terrible del dragón, recordando el escudo de bronce, y que había quedado roto el encantamiento que pesaba sobre él, apartó el cadáver de su camino, y avanzó valerosamente por el pavimento de plata del castillo, hacia donde estaba el escudo en la pared; el cual, ciertamente, no aguardó a que lo alcanzase, sino que cayó a sus pies, sobre el suelo de plata, con terrible y vibrante estruendo».

No bien habían salido estas palabras de mis labios, me llegó —como si de verdad hubiese caído en ese instante, pesadamente, un escudo de bronce sobre un suelo de plata— una resonancia clara, hueca, metálica y estruendosa, aunque empañada. Con los nervios a flor de piel, me levanté de un salto; en cambio Usher siguió sin alterarse con su balanceo acompasado. Corrí a la butaca donde estaba. Tenía la mirada fija ante sí, y su actitud entera había adquirido una pétrea rigidez. Pero al ponerle una mano en el hombro su cuerpo experimentó un estremecimiento; en sus labios tembló una sonrisa lánguida; y observé que decía algo en un murmullo bajo, apresurado, como ignorante de mi presencia. Inclinándome hacia él, sorbí finalmente el significado espantoso de sus palabras:

—¿No lo oyes?… Yo sí lo oigo; y lo *he* oído. Muchos… muchos… muchos minutos, muchas horas, muchos días, lo he oído… aunque no me *atrevía* a hablar… ¡Ah, ten piedad de mí, de este pobre desdichado! No me atrevía…, ¡no me *atrevía* a hablar! *¡La hemos depositado viva en la tumba!* ¿No

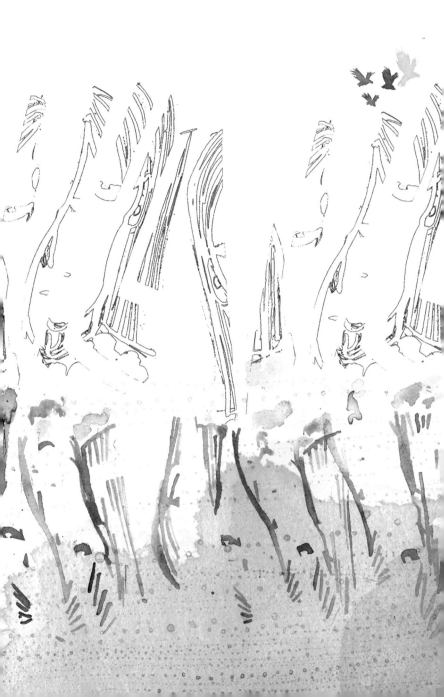

te dije que mis sentidos eran agudos? *Ahora* te digo que oí sus primeros movimientos débiles en el hueco del ataúd. Los oí… hace muchos muchos días; aunque no me atreví… *¡no me atreví a hablar!* Y ahora, esta noche… Ethelred, ¡ja, ja!; ¡su destrozo de la puerta del ermitaño, y el chillido agónico del dragón, y el estrépito del escudo!… O más bien, el destrozo del ataúd, el chirrido de los goznes de hierro de su prisión, sus forcejeos en la puerta de la cripta. ¡Ah!, ¿adónde huir? ¿No se presentará aquí en un momento? ¿No viene a reprocharme mi precipitación? ¿No he oído sus pasos en la escalera? ¿No distingo claramente los latidos violentos y horribles de su corazón? ¡Loco!

Aquí se levantó furiosamente de un salto, y gritó las sílabas, como si expulsase el alma en el esfuerzo:

—¡Loco! ¡Te digo que ahora mismo está delante de la puerta!

Como si hubiese encontrado en la energía sobrehumana de su tono el poder de un hechizo, las enormes y antiguas hojas que señalaba abrieron

hacia fuera, lentamente, sus pesadas mandíbulas de ébano. Fue obra del viento; pero allí, al otro lado de esas puertas, ESTABA la alta, amortajada figura de lady Madeline de Usher. Había sangre en su blanca vestidura, y signos de una lucha frenética en cada porción de su escuálida persona. Durante un momento permaneció temblando y vacilando en el umbral; luego, con un gemido largo, ahogado, cayó pesadamente hacia dentro, sobre el cuerpo de su hermano; y en medio de una violenta y ahora mortal agonía, lo derribó al suelo ya cadáver, víctima de los terrores que él mismo había vaticinado.

Hui horrorizado de aquella cámara, y de aquella mansión. La tormenta seguía descargando su ira mientras recorría la vieja calzada. Súbitamente, una luz intensa iluminó el camino; y me volví para ver de dónde salía tan extraordinario resplandor, dado que detrás de mí solo estaba la enorme casa con sus sombras. Provenía de la luna, llena, poniente, rojo-sangre, que ahora traspasaba la grieta apenas discernible

que, como antes he contado, rasgaba el edificio en zigzag de la techumbre a la base. Mientras miraba, la grieta se ensanchó con rapidez; brotó una ráfaga furiosa del torbellino; ante mi vista irrumpió el orbe entero del satélite, y el cerebro me dio vueltas al ver derrumbarse a un lado y a otro los muros imponentes. Sonó un alarido largo, tumultuoso, como la voz de mil aguas, y el lago profundo y malsano a mis pies se cerró adusto, en silencio, sobre las ruinas de la «CASA USHER».

Esta edición de *La caída de la Casa Usher,*
compuesta en tipos Baskerville 13/19 sobre papel
offset Munken Pure de 130 gramos, se acabó
de imprimir en Madrid el día 26 de agosto de 2022,
aniversario del nacimiento de Julio Cortázar